دار جامعة حمد بن خليفة للنشر
صندوق بريد 5825
الدوحة، دولة قطر

www.hbkupress.com

جميع الحقوق محفوظة.

لا يجوز استخدام أو إعادة طباعة أي جزء من هذا الكتاب بأي طريقة دون الحصول على الموافقة الخطية من الناشر باستثناء حالة الاقتباسات المختصرة التي تتجسد في الدراسات النقدية أو المراجعات.

الطبعة العربية الأولى عام 2022
الترقيم الدولي: 9789927161094

تمت الطباعة في الدوحة-قطر.

مكتبة قطر الوطنية بيانات الفهرسة – أثناء – النشر (فان)

سهيلي، رحيمة، مؤلف.

أنفي الصغير الكبير / تأليف رحيمة سهيلي ؛ رسوم علا عبد العاطي. الطبعة العربية الأولى. – الدوحة، دولة قطر : دار جامعة حمد بن خليفة للنشر، 2022.

28 صفحة ؛ 24 سم

تدمك: 978-992-716-109-4

1. الأنف -- قصص للأطفال. 2. قصص الأطفال العربية. 3. الكتب المصورة. أ. عبد العاطي، علا، رسام. ب. العنوان.

PZ10.731. S84 2022
892.737 – dc23

202228483005

أَنْفِي الصَّغِيرُ الكَبِيرُ

تأليف: رحيمة سهيلي

رسوم: علا عبد العاطي

دار جامعة حمد بن خليفة للنشر
HAMAD BIN KHALIFA UNIVERSITY PRESS

نَمْضِي أَنا وأَنْفِي في مُغامَرَةٍ جَدِيدَةٍ كُلَّ يَوْمٍ.
نَسْتَمْتِعُ بالشَّمِّ وَنَسْتَكْشِفُ رَوائِحَ عَدِيدَةً.
صِرْتُ أَعْرِفُ الرَّوائِحَ بِفَضْلِ أَنْفِي!

أَشُمُّها في البَيْتِ والحَدِيقَةِ،

وفي مَخْبَزِ الحَيِّ والمَكْتَبَةِ،

وعِنْدَ طَبِيبِ الأَسْنانِ،

وَفي مَطْبَخِ جَدَّتِي.

أَرَى أَنْفِي في المِرْآةِ
مُكَوَّرًا كَحَبَّةِ بازِلّاءَ.

إِنَّهُ يُشْبِهُ أَنْفَ أمِّي،
بِهِ أَشُمُّ عِطْرَها
حِينَ تَغْمُرُني وَتَضُمُّني.

أَمَّا أَنْفُ أَبِي فَطَوِيلٌ وَكَبِيرٌ
ولا يُشْبِهُ أَنْفِي الصَّغِيرَ.
وَكُلَّمَا خَرَجْنا في نُزْهَةٍ
أَوْ زارَنَا في البَيْتِ ضُيُوفٌ،
أَنْظُرُ إلى وُجُوهِ النَّاسِ
وَأَتَعَرَّفُ عَلَى أَشْكالِ الأُنُوفِ.

صَحِيحٌ أَنَّ أَنْفِي صَغِيرٌ،
لَكِنَّهُ يُمَيِّزُ الرَّوائِحَ،
وَهُوَ في الشَّمِّ خَبِيرٌ!
يُفْرِحُنِي إذَا تَنَشَّقَ عِطْرًا وَرَوائِحَ مُبْهِجَةً.
وَيُبْعِدُني عَنْ أَيِّ مَكانٍ رائِحَتُهُ مُزْعِجَةٌ.

أَشُمُّ بِأَنْفِي رَائِحَةَ الخُبْزِ الدَّافِئِ، وَشَرابَ الشُّوكُولاتَةِ في يَوْمٍ بَارِدٍ.

وَأَشُمُّ سَلَطَةَ الفاكِهَةِ بالمانْجُو والرُّمَّانِ،

وَأَتَنَشَّقُ رَائِحَةَ الصَّابُونِ عِنْدَ الاسْتِحْمام.

أَنا وَأَنْفِي نَتَنَزَّهُ في الحَدِيقَةِ باسْتِمْرارٍ.

نَمْرَحُ ونَلْعَبُ،

فَأُغْمِضُ عَيْنَيَّ كَيْ أُحَزِّرَ

ماذا يَحْمِلُ لَنا النَّسِيمُ

مِنْ رَوائِحَ عَطِرَةٍ!

أَشُمُّ عِطْرَ الوُرُودِ والأَزْهارِ،

وَرائِحَةَ التُّرابِ عِنْدَ سُقُوطِ الأَمْطارِ.

وَعِنْدَما تَحُومُ الفَراشَاتُ في الأَرْجاءِ،
أَجْلِسُ بَيْنَ الأَزْهارِ كَيْ أُراقِبَها،
وَأَتَوَقَّفُ عَنِ الحَرَكَةِ حَتَّى لا أُبْعِدَها!
وَأَنْتَظِرُ أَنْ تَحُطَّ فَراشَةٌ عَلى أَنْفِي،
عِنْدَها أَفْرَحُ لأَنَّها اخْتارَتْهُ،
كَيْ تَنالَ قِسْطًا مِنَ الرَّاحَةِ،
ثُمَّ أَراهَا تُرَفْرِفُ وَتَطيرُ
لِتَجْمَعَ رَحيقَ الأَزْهارِ الفَوَّاحَةِ.

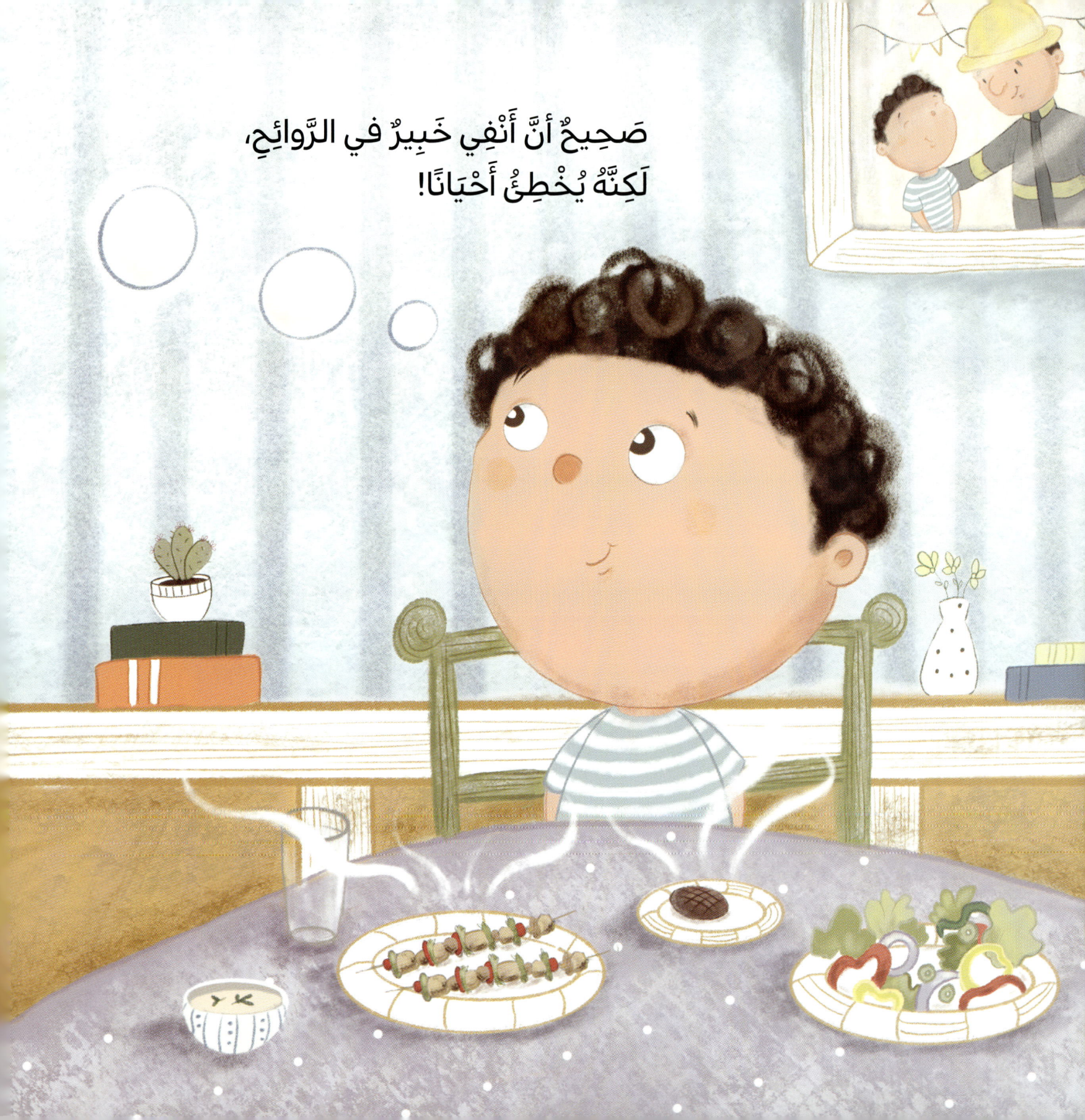

صَحِيحٌ أنَّ أَنْفِي خَبِيرٌ في الرَّوائِحِ،
لَكِنَّهُ يُخْطِئُ أَحْيَانًا!

سَأَحْكِي لَكُمْ قِصَّةً طَرِيفَةً عَنْ أَنْفِي،
لِتَحْكُمُوا بِأَنْفُسِكُمْ هَلْ أَخْطَأَ أَنْفِي، أَوْ لا؟!
فَما الَّذي حَدَثَ؟ وَكَيْفَ كانَ تَصرُّفُهُ؟

في أَحَدِ الأيَّامِ،

شَمَّ أَنْفِي رائِحَةَ دُخانٍ تَسَلَّلَتْ منَ النَّافِذَةِ

ومَلَأَتِ البَيْتَ!

لا نَعْرِفُ مِنْ أَيْنَ حَمَلَها الهَواءُ!

مِنَ الحَدِيقَةِ أَمْ مِنْ بَيْتِ الجِيرانِ؟!

فَكَّرْتُ فَوْرًا في طَلَبِ المُساعَدَةِ،

فاتَّصلْتُ بِفَريقِ الإِطْفاءِ، وَقُلْتُ بِانْدِفاعٍ:

«تَعالَوْا...أَسْرِعُوا! أَشُمُّ رائِحَةَ دُخانٍ في الأَرْجاءِ».

أَعْطَيْتُهُمُ العُنْوانَ بِمُساعَدَةِ والِدَيَّ، ثُمَّ قُلْتُ لَهُمْ:

«أَظُنُّ أنَّ هُناكَ حَرِيقًا، وَأَرْجو أَلَّا تَتَأَخَّرُوا في الطَّرِيقِ».

رَدُّوا بِحَماسٍ: «نَحْنُ قادِمُونَ فَلا داعِيَ لِلْقَلَقِ،
مَعَنا خَراطِيمُ المَاءِ وَسَنَصِلُ بِسُرْعَةِ البَرْقِ».
صَدَحَتْ صافِرَةُ سَيَّارَةِ الإِطْفاءِ في حَيِّنَا،

فَأَطَلَّ السُّكَّانُ مِنَ النَّوافِذِ والشُّرُفاتِ مُسْتَغْرِبِينَ!
بَدَأَ فَرِيقُ الإِنْقاذِ يَسْتَطْلِعُ مَصْدَرَ الدُّخَانِ، فَلَمْ يَجِدُوا
حَرِيقًا ولا نِيرانًا في المَكانِ!

وَبَعْدَ البَحْثِ والاسْتِفْسارِ،
عَرَفُوا أَنَّ جارَنا العَمَّ سَعِيد،
يُقِيمُ حَفْلَ شِواءٍ في حَدِيقَتِهِ
بِمُناسَبَةِ العِيدِ!
اعْتَذَرْتُ لِفَرِيقِ الإطْفاءِ والجِيرَانِ،

وَأَخْبَرْتُهُمْ أَنَّ أَنْفِي أَخْطَأَ في التَّقْدِيرِ.
ضَحِكَ الجَمِيعُ وَتَفَرَّقَ السُّكَّانُ بَعْدَ أَنْ شَكَرُوني عَلَى حِرْصِي وَعَلَى حُسْنِ التَّدْبِيرِ.
وَفي النِّهَايَةِ تَلَقَّيْتُ دَعْوَةً لِلاحْتِفالِ بِالعِيدِ، عِنْدَ بَيْتِ العَمِّ سَعِيد.

أَرَأَيْتُمْ؟ لا يَهُمُّ حَجْمُ أَنْفِي أَوْ شَكْلُهُ!

فبِأَنْفِي الصَّغِيرِ،

أَشُمُّ كُلَّ الرَّوائِحِ في عَالَمِي الكَبِيرِ.

أَنْفِي رَفِيقِي الدَّائِمُ،

نَقْضِي مَعًا أَوْقاتَنا في سَعادَةٍ،

نَسْتَكْشِفُ وَنُغامِرُ، وَنَتَعَلَّمُ مِنْ أَخْطائِنا.

ماذا عَنْكَ أَنْتَ؟

هَلْ تَعَرَّفْتَ عَلَى رَوائِحَ جَدِيدَةٍ بِفَضْلِ أَنْفِكَ؟

وَهَلْ صِرْتَ تَعْرِفُ أَهَمِّيَّةَ حاسَّةِ الشَّمِّ لَدَيْكَ؟

ما الرَّوائِحُ التي تَجْعَلُكَ سَعِيدًا وَتُبْهِجُكَ؟

وَما الرَّوائِحُ التي تَشُمُّها طَوالَ يَوْمِكَ؟